CALIBAN

CALMANN LÉVY, ÉDITEUR

ŒUVRES COMPLÈTES

D'ERNEST RENAN

FORMAT IN-8°

VIE DE JÉSUS.	1	volume.
LES APOTRES.	1	—
SAINT PAUL, avec une note des voyages de saint Paul. . . .	1	—
L'ANTECHRIST	1	—
LES ÉVANGILES ET LA SECONDE GÉNÉRATION CHRÉTIENNE. . . .	1	—
DIALOGUES ET FRAGMENTS PHILOSOPHIQUES	1	—
LA RÉFORME INTELLECTUELLE ET MORALE	1	—
QUESTIONS CONTEMPORAINES.	1	—
HISTOIRE GÉNÉRALE DES LANGUES SÉMITIQUES.	1	—
ÉTUDES D'HISTOIRE RELIGIEUSE.	1	—
ESSAIS DE MORALE ET DE CRITIQUE	1	—
LE LIVRE DE JOB, traduit de l'hébreu, avec une étude sur l'âge et le caractère du poëme.	1	—
LE CANTIQUE DES CANTIQUES, traduit de l'hébreu, avec une étude sur le plan, l'âge et le caractère du poëme	1	—
DE L'ORIGINE DU LANGAGE	1	—
AVERROÈS ET L'AVERROÏSME, Essai historique.	1	—
MÉLANGES D'HISTOIRE ET DE VOYAGES.	1	—

DE LA PART DES PEUPLES SÉMITIQUES DANS L'HISTOIRE DE LA CIVILISATION.	Brochure.
LA CHAIRE D'HÉBREU AU COLLÉGE DE FRANCE	—
SPINOZA, conférence donnée à La Haye	—

MISSION DE PHÉNICIE, grand in-4°, avec atlas in-folio, Imprimerie nationale	1 volume.
HISTOIRE LITTÉRAIRE DE LA FRANCE AU XIVe SIÈCLE, par Victor Le Clerc et Ernest Renan	2 volumes.

PARIS. — Impr. J. CLAYE. — A. QUANTIN et Cie, rue St-Benoît.

ERNEST RENAN

DE L'INSTITUT

CALIBAN

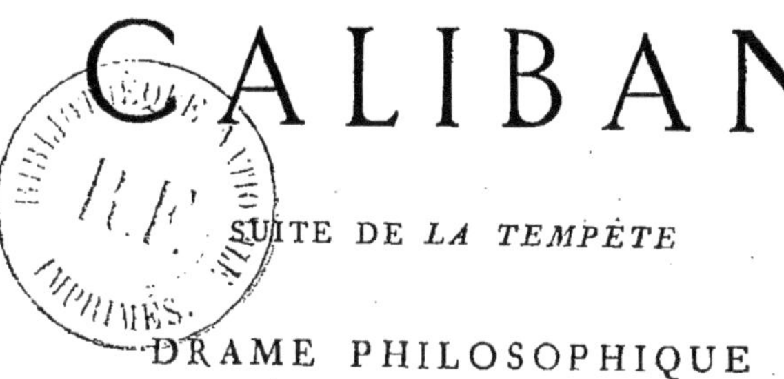

SUITE DE *LA TEMPÊTE*

DRAME PHILOSOPHIQUE

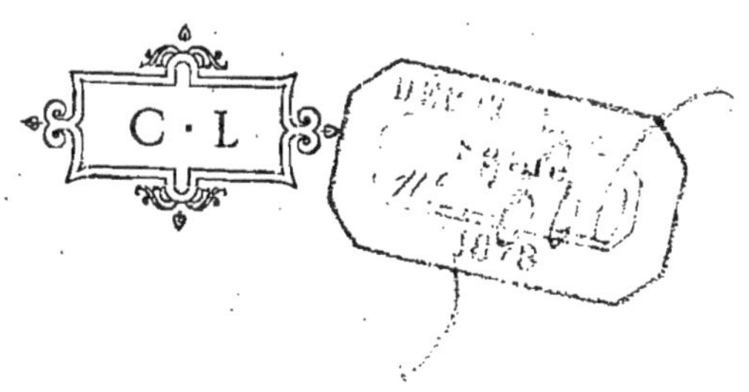

PARIS

CALMANN LÉVY, ÉDITEUR

ANCIENNE MAISON MICHEL LÉVY FRÈRES

RUE AUBER, 3, ET BOULEVARD DES ITALIENS, 15

MDCCCLXXVIII

AU LECTEUR

Prospero, duc de Milan, inconnu à tous les historiens ; — Caliban, être informe, à peine dégrossi, en voie de devenir homme ; — Ariel, fils de l'air, symbole de l'idéalisme, sont les trois créations les plus profondes de Shakespeare. J'ai voulu montrer ces trois types agissant dans quelques combinaisons adaptées aux idées de notre temps. Je suppose qu'après la tempête, Prospero, vainqueur par son art magique de tous ses ennemis, est rétabli sur son trône de Milan; j'y transporte avec lui Ariel, son agent aérien; Caliban, son esclave toujours révolté; Gonzalo, son vieux conseiller; Trinculo, son bouffon. Shakespeare est l'historien de l'éternité. Il ne peint aucun pays, ni aucun siècle en particulier; il peint l'histoire humaine. Dans ces grandes batailles de l'idée pure, le souci de la couleur locale et de l'exacte représentation des costumes, des mœurs, serait déplacé. Je me suis conformé à cette loi. Avant de me reprocher des anachronismes, je prie qu'on veuille bien me dire dans quel siècle a vécu Prospero.

Cher lecteur, voyez dans le jeu qui va suivre un divertissement d'idéologue, non une théorie; une fantaisie d'imagination, non une thèse de politique. Je l'écrivis, il y a quelques mois, à Ischia, le matin, quand les vignes se couvraient de rosée et que la mer était comme une moire blanchâtre. La philosophie qui convient à ces heures de repos est celle des cigales et des alouettes, lesquelles n'ont jamais douté, je pense, que la lumière du soleil ne soit une chose très-douce, la vie un don excellent et la terre des vivants un bien agréable séjour.

PERSONNAGES :

PROSPERO, duc légitime de Milan, rétabli dans sa principauté.

ARIEL, esprit de l'air, tantôt visible, tantôt invisible (rôle joué par une femme).

CALIBAN, esclave brutal et difforme.

GONZALO, vieux conseiller honnête.

ORLANDO,
ERCOLE,
GRIFFONETTO,
RUGGIERO,
RINALDO,
BALDUCCI, } nobles Milanais.

BEVILACQUA,
BONACCORSO, } bourgeois de Milan

IMPERIA, courtisane.

ZITELLA, jeune fille d'un caractère gai.

SIMPLICON, maître d'école.

LIONARDO, savant Milanais.

JACINTO,
ANGIOLINO,
JACOMINO, } artistes.

GASPARONE, hercule de foire.

WAGNER, savant Allemand.

FRÈRE AUGUSTIN DE FERRARE, dominicain inquisiteur.

LE LÉGAT DU PAPE.

LE PRIEUR DES CHARTREUX.

TRINCULO, bouffon.

BUTTADEO, le Juif errant.

UN CLERC.

UN VALET.

GENS DU PEUPLE, GARDES, COURTISANS, ETC.

La scène se passe en partie à Milan, en partie à la Chartreuse de Pavie.

CALIBAN

SUITE DE *LA TEMPÊTE*

ACTE PREMIER.

Il se passe tout entier à la Chartreuse de Pavie, où Prospero occupe une aile réservée à lui seul, pour ses études et ses expériences.

SCÈNE PREMIÈRE.

Un cellier ouvert sur une cour.

CALIBAN, PUIS ARIEL.

CALIBAN, ivre, étendu à terre, se tordant dans une mare de vin sortie d'un tonneau qu'il a débondé et oublié de refermer.

Mille malédictions! Oh! l'animal, le menteur, le fainéant! Fiez-vous donc à la parole des princes! Dans l'île enchantée, quand je commis l'incroyable sottise de prendre l'ivrogne Stéphano pour un dieu et d'adorer ce farceur, je l'échappai belle. Nous devions enfoncer un clou dans la tête de mon maître. Ah! c'était joliment bien combiné! Mais Prospero, grâce à cet insipide violoneur que j'ai pour compagnon, Prospero savait tout. Je m'attendais à une de ces corrections qui me faisaient rugir. Eh bien, pas du tout! Je lui promis d'être plus sage, et il eut la bêtise de me croire. Le lendemain, nous quittâmes l'île, et nous vînmes dans cette plaine, qui ressemble à notre premier séjour comme un membre de chevreuil ressemble à un os rongé par dix chiens. Je devins inutile; ici, plus n'est besoin de chercher les sources au pied des rochers, de cueillir les baies sur les arbres, de dénicher les jeunes oiseaux. On me promit ma liberté; je l'attends encore.

J'y ai droit, à cette liberté! Autrefois, je n'avais nulle pensée; mais, dans cette plaine de Lombardie, mes idées se sont bien développées. Les droits de l'homme sont absolus. Comment Prospero se permet-il de m'empêcher de m'appartenir à moi-même? Ma fierté d'homme se révolte. Je m'enivre de sa cave, c'est vrai; mais le premier crime des princes n'est-il pas d'humilier le peuple par leurs bienfaits. Pour effacer cette honte, il n'y a qu'un moyen, c'est de les tuer; un pareil outrage ne se lave que dans le sang. Après tout, Prospero a été pour moi un usurpateur; il m'a volé mon île; j'en étais le souverain légitime. L'île m'appartenait depuis que ma mère Sycorax m'y abandonna pour aller à tous les diables; je l'avais appropriée à mes besoins, j'en vivais, jusqu'au jour où cet ignoble sorcier vint y aborder avec sa charogne de valet aérien. J'étais le premier occupant. Prospero a été un conquérant, un usurpateur. (Musique céleste, pleine de douceur, annonçant l'approche d'Ariel.) Toujours son éternelle mandolinade! Bête infecte, filou, animal rouge. Ah! si je pouvais te tenir et te mettre en morceaux. (Caliban en proie à de violentes convulsions.) La paix, du moins, la paix! Épargne-moi ta musique enragée qui fait sur moi l'effet du mal de mer. Va chercher ailleurs des chats pour les caresser à rebrousse-poil.

ARIEL, visible. — Trille doucement prolongé.

Pourquoi te révolter? Où pourrais-tu être mieux

qu'ici? La cave t'est ouverte, et tu en sais le chemin. Libre, tu serais bien moins heureux.

CALIBAN.

Oui; mais je suis exploité. Plat valet, tu ne vois donc pas qu'être exploité par un autre homme est la chose la plus insupportable? tu n'as donc pas un brin d'honneur? Un mortel n'a pas le droit d'en subalterniser un autre. La révolte, en pareil cas, est le plus saint des devoirs.

ARIEL.

Tu oublies que c'est par Prospero que tu es un homme, que tu existes.

CALIBAN.

Tout beau! l'île était à moi; j'y étais avant lui, elle était à moi par Sycorax, ma mère. C'est moi qui montrai à Prospero les champs cultivables, les sources, les bons arbres; lui ne m'a donné en retour que le servage.

ARIEL.

L'île, dis-tu sans cesse, t'appartenait. Elle t'appartenait de la même manière que le désert appartient à la gazelle, que la jongle appartient au tigre. Tu ne savais le nom de rien ; tu ignorais ce que c'était que la raison. Ton langage inarticulé semblait le beuglement d'un chameau en mauvaise humeur. Les sons, s'étranglant dans ton gosier, étaient comme un effort infructueux pour vomir. Prospero t'apprit la langue des Aryas. Avec cette langue divine, la quantité de raison qui en est inséparable entra en toi. Peu à peu, grâce au langage et à la raison, tes traits difformes ont pris quelque harmonie ; tes doigts palmés se sont détachés les uns des autres ; de poisson fétide, tu es devenu homme, et maintenant tu parles presque comme un fils des Aryas.

CALIBAN.

Oh ! tais-toi donc. Le langage, je m'en passais

fort bien. Comment Prospero n'a-t-il pas vu que, le langage qu'il me donnait, je l'emploierais à le maudire? Prospero est un sot. Chacun pour soi. Il m'a tout appris, me dis-tu? il a eu tort. À sa place, je ne l'aurais pas fait. Qu'est-ce qui l'y obligeait? Je ne lui avais rien demandé.

ARIEL.

C'est horrible, ce que tu dis. Alors il ne faut pas que celui qui est plus élevé cherche à élever les autres?

CALIBAN.

Si j'étais gouvernement, je m'en garderais bien. Ah! par exemple,... s'imaginer que celui dont on agrandit la personne ne voudra pas exister pour son compte!... Tout être est ingrat. Tout effort pour élever une autre personne se tourne contre l'éducateur. Chacun selon sa force. Le crocodile n'a pas une grande bouche pour ne pas s'en servir. Maudire est ma nature; je ne peux me retenir d'insulter. Me donner le langage, c'était m'armer pour cela. Je n'ai pris de la langue des Aryas que l'ordure et le blasphème. C'est plus fort que moi, je ne peux m'empêcher de maudire.

ARIEL.

Tu voulus aussi violer Miranda.

CALIBAN.

Après tout, nous aurions peuplé l'île. Les hommes se valent. Son père me devait un salaire. Je fendais son bois, j'allumais son feu, je portais l'eau; sans moi, il n'auraït connu ni champs ni arbres.

ARIEL.

Tu me scandalises et tu m'irrites, autant que je peux être irrité. Je ne peux te réfuter; car réfuter n'est pas mon fait. Pour moi, je sers l'idée avec bonheur. Après la catastrophe du navire dans l'île enchantée, mon maître me promit la liberté.

« Retourne aux éléments, me dit-il ; sois libre et porte-toi bien. » De jour en jour, j'ai cru qu'il allait me lâcher, et, chaque jour depuis, il m'appelle son petit oiseau, son gentil Ariel, et moi je reste, et je ne lui rappelle pas seulement sa promesse. Il fait ici de si belles choses !...

CALIBAN.

Ah ! pour cela, par exemple, ça m'est bien égal.

ARIEL.

Des choses très-supérieures à ce qu'il faisait dans l'île.

CALIBAN.

Oui, c'était charmant ! Des crampes, des tiraillements horribles, des serpents, des hérissons sous les pieds, des scies, des râpes, des lardoires, des tenailles qui vous étiraient, vous torturaient, enfin une géhenne de tous les jours. Et puis voilà ce qu'il y avait de honteux, Ariel. Ah ! toi, tu ne sens pas cela. Tu es religieux, soumis ; tu acceptes ta place comme providentielle. Prospero régnait sur nous par des images fausses. Il nous trompait, et rien n'est plus humiliant que d'être trompé. Ces diablotins qui me faisaient tomber dans des fondrières, ces petits singes qui m'agaçaient par leurs grimaces, ces chats enragés qui me mordaient les jambes, c'était horrible, et ce n'était pas vrai. Ah! maraud, cette injure-là, je ne te la pardonnerai jamais. Quand le peuple s'apercevra que les classes supérieures l'ont mené par la superstition, tu verras quelle vie il fera à ses anciens maîtres. Cet enfer par lequel on nous effraye n'a jamais existé. Ces monstres que créaient les prestiges de Prospero étaient imaginaires; mais ils me tourmentaient comme s'ils avaient été réels. Prestige! attendez un peu, vous verrez que bientôt il n'y en aura plus.

ARIEL.

Tu servais par crainte; moi, je sers par amour. Ce qu'il cherche est si beau, que je suis heureux d'y contribuer en obéissant. Oui, j'ai pour lui un culte au moins d'hyperdulie. Il n'est pas Dieu; mais il travaille pour Dieu. Il croit que Dieu est raison et qu'il faut travailler à ce que Dieu, c'est-à-dire la raison, gouverne le monde de plus en plus. Il cherche des moyens pour que la raison soit armée et règne effectivement.

CALIBAN.

Balivernes! Sétébos, le dieu de ma mère, valait bien mieux que ce Dieu intangible dont tu me parles sans cesse. Sétébos, lui, montrait sa puissance par des effets visibles. Chaque matin, sa caverne était pleine de têtes fraîchement coupées, les joues percées d'un couteau. Quant au Dieu des chrétiens, c'est le Dieu des faibles et des femmes. Les faibles, on verra comme je les traiterai. Et les femmes! Eh! mesdames, Sétébos tient une hache, et c'est un dieu galant. Ah! coquin de Prospero, tu verras s'il est permis de réduire comme cela en vasselage les fils de la terre.

ARIEL.

Adieu; entre toi et moi, il n'y a pas d'échange d'idées possible. Reste là comme une baleine échouée, comme un marsouin vide de souffle. Quant à moi, je retourne dans l'air pur attendre les ordres du génie qui m'a fait l'honneur de me prendre pour l'exécuteur de ses volontés.

Ariel s'envole, en rendant quelques accords harmonieux.

CALIBAN.

Oh! enfer! mes os craquent, mes nerfs crient, mes muscles sont tiraillés comme par les clefs à ressort d'un violon; mes fibres, distendues par de petits leviers, vont se rompre. Mon genou est percé par un clou, et il faut marcher. Puis un archet infernal joue sur le tout. Grâce, grâce, seigneur Prospero! je servirai.

SCÈNE II.

PROSPERO, ARIEL, PUIS UN GARDE.

Dans le cabinet de Prospero. — Fourneaux, alambics, cornues, récipients plongés dans des bains de mercure, sous chacun desquels on entend un léger crépitement.

PROSPERO.

Ainsi, mon Ariel, tu veux m'être toujours fidèle. Vingt fois je t'ai dit : « Tu vas être libre, Ariel. » Je te garde toujours.

ARIEL, visible.

Comme il vous plaira, seigneur. Que ferais-je de ma liberté, si ce n'est de m'absorber dans les éléments dont vous m'avez tiré. C'est par vous que j'existe. Je vous aime, et j'aime ce que vous faites.

Le frémissement des esprits sous les récipients produit un accord presque imperceptible. Air à composer par Gounod.

PROSPERO.

Ce que je fais, mon gentil ami, je l'ignore moi-même ; mais je suis sûr d'être l'instrument d'une volonté qui cherche. La nature ne se connaît pas. Toi, par exemple, petit oiseau bleu, te sentais-tu, avant que je t'eusse recueilli de la grande mixture universelle où tu étais perdu, en appelant, concentrant, massant en noyau diaphane ce qui auparavant était épars ? Le sel est dans la mer ; il s'agit de l'en extraire. La vie est dans l'air, la feuille d'arbre sait l'en tirer ; faisons comme elle. Analyse et synthèse, voilà la science. Être maître des esprits de la nature et leur donner une personnalité distincte, voilà ce que je veux.

ARIEL.

Les esprits sont alors des forces perdues dans la nature, des êtres qu'on ne voit à l'état pur que si la science les extrait.

PROSPERO.

Parfaitement bien. Tout cela veut exister, mais n'existe pas encore. C'est ce que certains de mes confrères appellent *gaz*. Chacun des récipients que tu vois est la prison d'un *gaz*. Comme presque tous cherchent à monter, la petite coupole de ces récipients est pour eux une prison. Celui-ci vient de l'eau, et pourtant un jour il donnera la lumière. Cet autre est l'essence de la vie et du feu.

Harmonie provenant de la vibration des gaz.

ARIEL.

O sons célestes, frères des miens ! Qu'on est heureux de servir à des créations si sublimes ! Sans doute, tu as des entretiens avec quelqu'un, qui est ton dieu, comme toi tu es le mien ?

PROSPERO.

Non, Ariel. Le Dieu éternel ne se révèle pas face à face. Il ne se montre pas dans des apparitions matérielles, et ce qu'on a dit de ses incarnations est douteux. C'est lui qui est le génie de l'homme de génie, la vertu de l'homme vertueux, la bonté de l'âme tendre, l'effort universel pour être et être de plus en plus. Sa vraie définition est l'amour. C'est grâce à lui que rien n'est infécond, que chaque monde tire de son sein tout ce qui est susceptible d'en sortir. C'est lui qui se réalisera pleinement quand la science ceindra la couronne monarchique et régnera sans rivale. Alors la raison rendra au monde sa beauté perdue. Oh ! programmes excellents des souverains d'alors :

A Pœstum, semer des roses,
Planter de cèdres le Liban.

Entre un garde.

LE GARDE.

Votre Altesse sait sans doute que tout est prêt au palais de Milan pour la fête du soir. Le soleil baisse, et il faut trois heures pour aller d'ici à Milan.

Ariel disparaît, Prospero sort.

ACTE II.

Le jardin du palais de Milan.

SCÈNE PREMIÈRE.

CALIBAN, caché; GONZALO, ORLANDO, ERCOLE, GRIFFONETTO, RUGGIERO, RINALDO, BALDUCCI, BEVILACQUA, WAGNER, SIMPLICON, LIONARDO, TRINCULO, JACINTO, GASPARONE, IMPERIA, ZITELLA, ANGIOLINO, JACOMINO, BUTTADEO, jeunes gens, seigneurs, musiciens, messagers, bourgeois de Milan, courtisanes.

Le palais est brillamment illuminé. Perron décoré de géants, se détachant en noir au milieu des lumières. Hautes fenêtres ouvertes, par lesquelles on voit les lustres de l'intérieur. Longues galeries entourées extérieurement d'arbres exotiques. Troupes de musiciens établis sous les bosquets. Des compagnies de gentilshommes vont et viennent. Quelques courtisanes servent de centre à des groupes d'admirateurs. Des bourgeois de Milan se promènent en costume plus simple. — Orlando et Ercole passent en se donnant le bras.

ORLANDO.

Je vous le dis, seigneur Ercole, le duc se perd et nous perd avec lui.

ERCOLE.

Voilà quatre ou cinq mille ans, dit-on, et peut-être y a-t-il bien plus longtemps, que le monde est en train de se perdre, et pourtant il va toujours. Tout ici-bas tombe et se relève; la roue de fortune a pour habitude de tourner sans cesse.

ORLANDO.

Oui, mais aussi combien s'y rompent le cou! Le duc est un savant, un philosophe; ces gens-là doivent rester dans leur bouge. Je crains que nous ne voyions la révolution du mépris.

ERCOLE.

Ah! pas mal! Les hommes, en effet, ne respectent que celui qui les tue. Quand le hasard leur donne pour souverain un sage, ils disent: « Fi donc! quelle honte! »

Ils passent. — Entrent en scène Griffonetto, Ruggiero et quelques autres.

GRIFFONETTO.

On verra sortir de la boue des monstres comme on n'en a pas connu jusqu'ici.

RUGGIERO.

Je ne crois pas aux monstres. Je n'en ai jamais vu.

GRIFFONETTO.

Et Caliban ?

RUGGIERO.

Eh bien, Caliban était un monstre pendant qu'il était dans l'île magique. Maintenant, cette grande école de canaille populaire qui s'appelle Milan l'a bien formé. Il n'est plus qu'ivrogne et paresseux. Avec un pot de vin, on le tient en repos tout un jour. Ah ! qu'on civilise les monstres à bon marché !

Ercole et Orlando ont rejoint ce groupe.

ORLANDO.

Et les scélérats, vous ne comptez pas avec eux ?

RUGGIERO.

Il n'y a pas de scélérats.

Tous éclatent de rire.

ORLANDO.

Et la potence ? comment appelles-tu ceux qu'on y pend ?

RUGGIERO.

On trouve bien rarement ces gens-là sur son chemin.

Le groupe se disperse.

Entrent en scène Rinaldo, Balducci et d'autres.

RINALDO.

Parvenir, voilà la vie, selon moi.

BALDUCCI.

Parvenir à quoi ? On passe sa vie à poursuivre un but. Le but atteint, on voit que ce n'est rien.

Les différents groupes se réunissent.

ERCOLE.

Il vaut mieux, en effet, servir une cause, car la cause vous survit.

BALDUCCI.

Allez donc ! elle meurt avant nous. Dès qu'une idée qui a passionné l'opinion a réussi, on en voit les défauts ; on s'en dégoûte, et la génération qui suit se met à défaire ce que vous aviez fait avec tant de conviction : la mode est tout.

ORLANDO.

L'attachement à la famille corrige ce que la destinée individuelle a de frivole.

RUGGIERO.

Oui, aux yeux des esprits peu philosophiques. Pour se renfermer dans l'horizon de la famille, il faut être persuadé que la famille dont on fait partie est la meilleure de toutes. Or, les autres étant persuadés, de leur côté, de la même chose, il n'y a pas de chance pour que tous aient raison. Préjugé, vanité, voilà la base de la vie. La philosophie, qui détruit les préjugés, détruit la base de la vie.

ORLANDO.

Le patriotisme a plus de solidité.

RUGGIERO.

Je ferai le même raisonnement que tout à l'heure. Pouvez-vous croire que votre patrie ait une excellence particulière, quand tous les patriotes du monde sont persuadés que leur pays a le même privilége. Vous appelez cela préjugé, fanatisme chez les autres. Il faut être taupe pour ne pas voir que les autres portent le même jugement sur vous.

TRINCULO, *courant çà et là avec son hochet.*

Je n'ai jamais vu de fête qui ressemblât autant que celle-ci à un enterrement. Tout le monde est philosophe. Je n'ose hasarder la moindre bêtise. Prospero n'entend rien au comique, et tous ces messieurs, ce soir, sont trop graves pour faire attention à un pauvre fou. Les fous, pourtant, sont quelquefois les sages.

Le groupe d'Imperia s'approche.

JACINTO.

Oui, cette tête charmante sera un jour une tête de mort.

IMPERIA.

Oh ! le joli compliment, Jacinto! Faites-vous donc moine, si vous prétendez à tant de philosophie. Il ne faut regarder ni de si près ni de si loin. Vous faussez également la vision de votre œil, et si vous mettez l'objet sur vos yeux et si vous le posez hors de votre portée. De ce qu'une chose est éphémère, ce n'est pas une raison pour qu'elle soit vanité. Tout est éphémère, mais l'éphémère est quelquefois divin. Voyez le papillon : c'est moins un animal à part que la floraison d'un autre animal. Le papillon est un âge du vermisseau, comme la fleur est un moment passager de la plante. Une créature peu douée en apparence, peu riche de vie et de conscience, condamnée, vous le diriez, à ne représenter dans la nature que la laide et pâle existence, à faire nombre et à remplir un des vides de l'échelle infinie, s'éveille tout à coup. L'insecte lourd et rampant devient ailé, idéal ; sa vie est tout aérienne ; être de terre, pétri de grossières humeurs, il devient hôte de l'air et fils du jour. Qui a fait cette merveille ? L'amour. — Le papillon, c'est la période d'amour. N'admirez plus s'il épand ainsi ses ailes, s'il caresse toute fleur, s'il poursuit çà et là son joyeux caprice. Tout est d'or à ses yeux, tout nage pour lui dans cette atmosphère embrasée qui fait la beauté des choses. Heureux être ! Il s'épanouit à son heure, il rejette sa lourde robe de boue ; il s'enivre, il mène durant quelques moments la plus céleste des vies, puis il meurt. Il ne fleurit que pour mourir. Sitôt qu'il a pu assouvir sa soif, sitôt qu'il a bu sa pleine coupe de joie, il se dessèche. Heureux ! Pour lui, aimer, c'est vivre ; avoir aimé, c'est mourir ! Je ne doute pas que, durant ce court espace, il ne se condense en la conscience de ce petit être tant de volupté, que sa vie fugitive ne l'emporte sur celle des plus puissantes créatures et ne dépasse de beaucoup en valeur celle de la grande majorité des hommes. — Court et brillant éclair, fleur d'un jour, salut à toi, ô bien-aimé de Dieu, à toi dont la vie resserre en quelques heures ces trois moments divins : fleurir, aimer, mourir !

ORLANDO, ERCOLE, RUGGIERO, ensemble.

Bravo, Imperia !

IMPERIA.

Ne me croyez pas frivole. Le devoir de la femme, c'est la beauté ; mais la beauté est un art difficile. La beauté veut être exclusivement cultivée. Ce qui peut y nuire doit être évité. Or, toute passion, toute opinion nuit à la beauté. La haine, surtout, rend laid ; elle fait grimacer.

Elle passe. — Jacinto et Ercole restent au milieu de la scène.

ERCOLE.

Vous savez le secret de sa beauté : c'est que son corps offre en tout la proportion sesquialtère.

JACINTO.

Comment diable avez-vous fait pour le mesurer ?

Il passe. -- Entre Zitella entourée de très-jeunes gens.

ZITELLA.

Mon Dieu, quels hommes vous êtes! C'est vrai, ce que que vous dites; mais à quoi sert de le dire? Il vaut mieux s'amuser que de disserter ainsi sur l'amusement.

BALDUCCI.

Elle a raison : trop penser fait mal à la tête.

ZITELLA.

Et surtout au cœur. Certainement, il y a des choses tristes; il n'y faut pas penser, c'est si facile. Quand on a du goût pour ces choses-là, on se fait ermite. Celui qui s'amuse ne s'occupe pas à se tourmenter ainsi. On n'est philosophe que quand on s'ennuie. Cela tient au vieux duc. Que faire avec un vieillard qui n'a plus de sensations ? Toujours avec ses livres et ses sorciers !...

Les vins circulent, la musique redouble.

BALDUCCI.

Le plaisir élégant ; eh oui ! il n'y a que cela de solide.

BEVILACQUA.

Jouir, alors, est le but de la vie.

BALDUCCI.

Sans doute.

BEVILACQUA.

Mais tous peuvent faire le même raisonnement, et alors tous voudront jouir. Or il n'y a pas dans le monde de jouissances pour tous.

BALDUCCI.

On réprimera les importuns.

BEVILACQUA.

Avec quoi ?

BALDUCCI.

Avec des gens armés?

BEVILACQUA.

Où prendrez-vous ces gens armés!

BALDUCCI.

Partout; on les payera.

BEVILACQUA.

Et si vos soudoyés trouvent leur avantage à vous étrangler, à s'emparer de la ville?... Le mercenaire finit toujours par être le maître de celui qui le paye.

BALDUCCI.

Oui, c'est un danger.

BEVILACQUA.

Il vaut mieux s'appuyer sur la nation.

BALDUCCI.

Qu'est-ce que la nation?

BEVILACQUA.

La nation, c'est l'Italie.

ORLANDO.

Non, la nation, c'est Milan.

ERCOLE.

Peu importe. La nation, de quelque manière que vous la conceviez, ne répondra jamais qu'aux intérêts du petit nombre. Le grand nombre sera sacrifié. Comment décider les gens à se faire tuer pour un état de choses qui ne profite qu'à un petit nombre de privilégiés?

SIMPLICON.

Il faut les éclairer, les instruire.

ORLANDO.

Que dites-vous? Se faire tuer est une grande naïveté; car rien ne vaut la vie pour l'individu.

N'être plus est la pire chose qu'il y ait. La victoire n'est pas une récompense pour le mort; celui qui est tué est le vrai vaincu; l'essentiel dans une bataille est donc de ne pas être tué. Voilà les raisonnements de la conscience claire, réfléchie, égoïste. Il faut conserver un vaste réservoir d'ignorance et de sottise, une masse de gens assez simples pour qu'on puisse leur faire croire que, s'ils sont tués, ils iront au ciel, ou que leur sort est digne d'envie. On fait un troupeau avec des bêtes; on n'en fait pas avec des gens d'esprit. Si tous les gens avaient de l'esprit, personne ne se sacrifierait, car chacun dirait : « Ma vie vaut celle d'un autre. » On n'est héroïque que par le fait de ne pas réfléchir. Il faut donc entretenir une masse de sots. Si les bêtes s'entendaient, les hommes seraient perdus. L'homme règne en employant une moitié des animaux à mater les autres. De même, l'art politique consiste à couper le peuple en deux et à dompter une des moitiés avec l'autre. Pour cela, il faut abrutir une des moitiés, la bien séquestrer et séparer du reste; car, si le peuple armé et le peuple non armé s'entendaient, la situation serait perdue.

RUGGIERO.

Bien dit. Il y a une chose qui me fait toujours rire, quand les Turcs et les Chrétiens se font la guerre. Tous se battent sans être nourris ni payés; ils se tiennent pour assurés que, s'ils sont tués, ils vont en paradis. Or les uns ou les autres se trompent; car, si le paradis des Chrétiens existe, celui des Turcs n'existe pas, et cela me fait craindre que ni l'un ni l'autre n'existe! Il est impossible que ces combattants acharnés aient raison à la fois; mais il se peut qu'ils aient tort à la fois. En tout cas, les uns ou les autres sont payés et menés au combat avec de faux billets sur la vie future. Il faudrait que cela fût défendu; car cela crée une infériorité aux nations civilisées qui ne croient pas à la valeur d'un pareil papier. C'est comme si une nation fabriquait de faux billets, de la fausse monnaie aux dépens des autres États. Nos soudards veulent être payés en ce monde, et ils riraient fort de ceux qui ajourneraient le versement de leur solde au paradis.

ORLANDO.

Chose étrange qu'on ait pu amener des millions d'hommes à se faire tuer pour des êtres collectifs qui ne sont personne de déterminé !

RUGGIERO.

Après tout, à l'heure qu'il est, ces gens-là, fussent-ils morts dans leur lit, seraient morts tout de même.

ORLANDO.

Oui, tout est vain, excepté la joie de l'heure présente. Égoïsme et dévouement se valent.

BALDUCCI.

Que l'ordre du monde repose sur peu de chose ! Je fais souvent une réflexion singulière, c'est que le meilleur moment pour un État, c'est quand ses gens de guerre sont battus. Comme alors le gouvernement est aimable! comme les gens d'armes sont polis! comme les princes sont doux, portés aux réformes! On peut même dire que les réformes ne se font bien que dans ces moments-là.

On sent dans l'assemblée une certaine agitation. Ercole et Jacinto passent, causant ensemble.

ERCOLE.

Il y a des choses vraies théologiquement qui ne le sont pas philosophiquement. Tous les docteurs de Padoue sont d'accord là-dessus.

JACINTO.

Alors vous ne croyez pas que les os de saint Antoine de Padoue fassent des miracles?

ERCOLE.

Pardon; ils en font théologiquement parlant; mais philosophiquement parlant, les os d'un chien mort (*ossa canis mortui*, disait mon maître) en feraient tout autant, si l'on s'imaginait que ce sont ceux de saint Antoine.

JACINTO.

Je comprends; mais je suis superstitieux, et je ne peux me figurer qu'aucun être ne s'occupe de nous.

Des messagers du dehors se montrent dans le jardin et disent quelques mots aux différents invités.

BEVILACQUA.

Au lieu de danser, il vaudrait peut-être mieux s'armer.

ORLANDO.

Prospero sera probablement le dernier averti.

ERCOLE.

C'est d'ordinaire ainsi.

RUGGIERO.

Il ne faut pas se monter la tête. On prend l'habitude de tout, même de la fièvre. Les États usés sortent des plus grands maux par la débilité de leur tempérament, de même que les gens affaiblis résistent à une atmosphère méphitique mieux que les hommes vigoureux, ayant déjà pris l'accoutumance de ne respirer qu'à moitié.

Le groupe des artistes entre.

ANGIOLINO.

Je vous ai déjà dit que l'artiste et tous ceux qui réjouissent le cœur de l'humanité vivent d'aumônes. Leur part est la meilleure : leurs services sont de ceux qui ne se payent pas.

JACOMINO.

Un peu de fortune est pourtant bien agréable.

JACINTO.

Tu ne tiens pas compte d'une chose, c'est que nous nous amusons en même temps que nous travaillons. La besogne pour laquelle on nous paye, nous la ferions pour rien, pour notre plaisir.

JACOMINO.

Moi, j'ai vécu des mois dans une soupente.

ANGIOLINO.

Moi, c'est beaucoup plus drôle. J'ai dormi un an dans un coffre.

JACINTO.

C'est comme cela; il faut qu'il y ait des artistes et qu'ils soient pauvres. Les amateurs riches ne feront jamais rien de bon.

GASPARONE.

Tous nous sommes des malades, des arbres en espalier, faits pour produire des fruits, non de vrais arbres aux formes libres. Pour moi, ma tête énorme et mes forts biceps m'ont toujours nui et sont cause de l'embarras que j'éprouve en société. Ma grosse tête me fait paraître gauche. Aucune femme n'a consenti à m'aimer.

LIONARDO.

Bravo, mon confrère! notre sort est le même.

WAGNER, qui écoutait tout d'un air sournois.

Moi, je prétends que, tous tant que vous êtes, vous n'êtes pas des artistes. Vous ne savez pas l'esthétique. On ne l'enseigne pas dans les universités de votre pays.

TOUS ENSEMBLE.

Qu'est-ce qu'il dit?

WAGNER.

C'est comme la pédagogie. Voilà deux sciences que les autres nations n'ont pas. C'est là notre supériorité, à nous autres Allemands. On les enseigne dans nos universités.

JACINTO.

Nous ne comprenons pas. Chez lui, on forme les artistes dans les universités, et on a des procédés pour faire éclore les grands hommes?

JACOMINO.

A ce qu'il paraît.

ANGIOLINO.

Moi, je pense que les grands hommes viennent sans pédagogie dans les pays où la graine en existe. On ne les fera pas pousser là où le sol ne les porte pas. On n'enseigne pas à faire du beau. L'artiste qui résout ce difficile problème, sans trop se rendre compte de ses procédés, est le véritable esthéticien.

LIONARDO.

Vous avez raison ; mais il n'y a de sérieux que la science ; seule elle ne passe jamais de mode ; car la science répond à une réalité ; savoir, c'est pouvoir. Prospero, qui aspire à posséder les forces de la nature, est le plus grand de nous.

Les groupes se mêlent.

CALIBAN, *caché derrière un buisson, assiste à la fête.—A part.*

Je n'ai pas ma place à cette fête, et je ne puis pas dire que je le regrette beaucoup. Aller et venir ainsi n'a rien de bien amusant. A leur place, je préférerais passer le jour étendu dans une cave bien fraîche, près d'un tonneau ouvert. Est-il juste cependant que je n'en sois pas? Les droits de l'homme sont les mêmes pour tous. Ce doit être un avantage, puisque c'est un privilége. Et, quand même ce ne serait pas un avantage selon mes idées, il suffit qu'ils l'envisagent ainsi pour que je sois blessé. Ici, à Milan, je me sens de plus en plus élevé à la dignité de citoyen.

TRINCULO, courant çà et là.

Ainsi pas la moindre sottise à placer. O soirée de fin du monde! Au train dont vont les choses, je crois que ce soir Caliban lui-même serait philosophe.

En furetant, il découvre Caliban derrière le buisson.

Oh! la bonne chance! Voici mon affaire. (A Caliban.) Eh! mon ami l'ours, voici le cas de se montrer à la compagnie.

S'emparant de Caliban, il lui jette une corde au cou, et l'entraîne en le frappant de son hochet.

Voyez, seigneurs, voici la bête ; voyez, voyez ! A volonté, ours ou cachalot. Danse, l'ami !

BEVILACQUA.

Ce n'est pas prudent. Par le temps qui court, Caliban a peut-être de l'avenir.

Grand mouvement dans l'assemblée. Prospero paraît sur le perron du palais.

SCÈNE II.

LES MÊMES, PROSPERO.

PROSPERO.

Rangez-vous, seigneurs, pour assister à la fête que mon art me permet de vous donner. Approche, Ariel.

Musique exquise annonçant l'approche d'Ariel invisible.

Et maintenant, mon Ariel, montre ce que tu sais faire pour l'illusion des yeux. Les illustres seigneurs ici rassemblés voudraient d'abord voir les dieux antiques, la nature tout entière en un Olympe lumineux, des dieux de chair sentant et pensant comme nous.

Le ciel s'ouvre ; une vaste aurore boréale part du zénith ; un prodigieux entassement de dieux, de génies, de nymphes, de demi-dieux monte et descend dans les rayons de lumière. Puis une tempête confond tous ces êtres divins dans une ronde immense qui tourbillonne. L'ordre se fait insensiblement et, peu à peu, tous les dieux apparaissent rangés autour de la table d'un festin.

Assistez maintenant, seigneurs, au festin des dieux. Au centre est Jupiter, devenu avec le temps *optimus maximus*.

Dans la partie inférieure de l'apparition, on voit les têtes innombrables de la foule des mortels.

VOIX QUI SORT DE LA FOULE.

Il est juste d'adorer ce Dieu bon et miséricordieux. Il faut le prier.

BUTTADEO, le juif éternel, s'élève de la foule, le front couvert d'un voile où se dessine le nom de Jéhovah.

Erreur! erreur! Je proteste. Votre Dieu ne saurait être juste et miséricordieux. Le mien a fait le ciel et la terre; il fait tout dans le ciel et sur la terre; il est juste et bon.

VOIX DE LA FOULE.

S'il fait le monde tel qu'il est, comment est-il juste? Le monde n'est ni juste ni bon.

BUTTADEO.

Le mal vient de ce qu'on n'observe pas la Loi. Si la Loi était observée, le monde serait parfait.

Sourires.

PROSPERO.

Vous souriez, messieurs, prenez garde! La Loi est un essai pour réaliser une société juste. Essai imparfait; mais toutes les tentatives de réforme de la société au nom de la justice se grefferont sur cette tige-là. (*A Ariel.*) Ariel, il est temps de nous montrer les dieux de l'avenir.

A gauche apparaissent des géants aux jambes et aux bras énormes, tout en acier poli. Leurs jointures se meuvent grâce à de puissantes articulations excentriques. Sur chaque jointure, un godet d'huile qui lubrifie l'articulation est arrangé de manière à ne se renverser jamais. Sous eux, un tube incandescent qui est leur âme. Ils semblent manger du charbon. — Ces dieux d'acier se précipitent sur la table des dieux de chair, brisent tout, tuent, écrasent. Effroyable désordre. Les nymphes, dryades, toute la nature enchantée, s'enfuient éperdues.

VOIX DE LA FOULE DES MORTELS.

C'en est fait des dieux de chair. Nous allons

voir le règne des dieux d'acier. Peut-être seront-ils bons et justes.

BUTTADEO.

N'en croyez rien. Il n'y a de juste que mon Dieu, qui a fait le ciel et la terre. Il n'y a pas d'autre Dieu que lui.

Après avoir mis en fuite les dieux de chair, les dieux d'acier se battent entre eux. Le monde est plein d'un affreux cliquetis de métal.

VOIX DES MORTELS.

Nous pensions que la science était la paix et que, le jour où le ciel n'aurait plus de dieux, ni la terre de rois, on ne se battrait plus.

Grand éclat de rire. Coup de vent froid. Ténèbres, chaos. Diasyrmos, armé d'un violon discordant, survit seul et joue, pendant que l'apparition se dissipe, un morceau d'un rhythme grotesque.

PROSPERO, debout sur le perron du palais.

Soyez remerciés, seigneurs, d'avoir assisté à cette fête, où votre présence a fait régner la joie. Votre vieux duc n'en verra plus d'autre. Restez toujours jeunes, et que Dieu vous tienne en joie.

Je pars pour ma retraite de Pavie, où, sur trois pensées, j'en aurai habituellement deux pour la mort.

GONZALO, s'approchant, dit au duc à voix basse :

Monseigneur, si vous vouliez bien coucher ce soir dans votre palais de Milan, vos livres ne seraient que peu de temps solitaires, et peut-être la chose publique y trouverait-elle son profit. La ville présente tous les symptômes d'un corps malade. Elle a la fièvre. Les chefs de quartier appellent le peuple aux armes; on entend les propos les plus séditieux.

PROSPERO.

Dans mon cabinet, Gonzalo, j'ai plus de puissance que dans mon palais de Milan.

ACTE III.

SCÈNE PREMIÈRE.

CALIBAN, SIMPLICON, UN CLERC, HOMMES DU PEUPLE.

La scène se passe sur la place de Milan. — Grande foule. Conversations animées. Caliban va et vient dans la foule et parle av c animation.

PREMIER HOMME DU PEUPLE.

C'est chose hors de doute que jamais prince ne mérita autant que celui-ci la colère de son peuple.

UN CLERC.

Rex est qui regit. Ergo non est rex qui non regit. A bas le fainéant !

DEUXIÈME HOMME DU PEUPLE.

Dites le malfaisant. Ah ! si l'on m'écoutait, il

n'y aurait plus de ces gens qui s'engraissent de la sueur du peuple.

AUTRE HOMME DU PEUPLE.

Et qui s'amusent à nos dépens. Avec cela, ils s'amusent drôlement. A leur place, je me ferais d'autres plaisirs.

CALIBAN.

Il y a surtout que nous sommes exploités.

PREMIER HOMME DU PEUPLE.

Qu'est-ce qu'il dit?

DEUXIÈME HOMME DU PEUPLE.

Ce qu'il dit est très-clair. Tu es l'ouvrier de ton maître, dont tu as été l'apprenti. Il gagne sur ce que tu fais.

PREMIER HOMME DU PEUPLE.

C'est vrai.

DEUXIÈME HOMME DU PEUPLE.

Est-ce juste?

PREMIER HOMME DU PEUPLE.

Non, évidemment ; c'est moi qui travaille et lui qui gagne.

TROISIÈME HOMME DU PEUPLE.

Que c'est clair, cela ! nous sommes tous exploités.

CALIBAN.

A qui la faute ?

PREMIER HOMME DU PEUPLE.

Il est laid ; mais comme il raisonne bien !

CALIBAN.

À qui la faute, dis-je ?

HOMME DU PEUPLE.

Eh bien, dis-nous-le.

CALIBAN.

Au gouvernement, parbleu !

AUTRE HOMME DU PEUPLE.

Oh! comme c'est juste; le gouvernement est chargé de tout; donc, quand cela va mal, il y a de sa faute.

AUTRE HOMME DU PEUPLE.

C'est évident.

SIMPLICON.

Le grand mal, c'est que le peuple n'est pas instruit.

CALIBAN.

Tais-toi donc. Le prince, le palais, voilà le mal.

HOMME DU PEUPLE.

Bien dit. Il a raison.

VOIX NOMBREUSES.

Vive Caliban! Caliban chef du peuple!

CALIBAN.

Pour le moment, il ne s'agit pas de parler.

L'homme qui vous a fait tout ce mal est méchant, retors, inouï. Il s'agit de le prendre et de l'empêcher de recommencer. Ne croyez pas que ce soit facile. Il tient à son service des esprits aussi malfaisants que lui, et surtout un damné joueur de violon, dont les ruses sont incroyables. Déjà une fois j'avais trouvé moyen de lui river un clou dans la tête. J'en suais déjà de plaisir; paff!... tout fut déjoué. Défiez-vous; c'est plus difficile que vous ne pensez. Confiez-moi l'ordre et la marche de l'affaire. Il est distrait; parfois il ne pense à rien; il faut le surprendre. Je vous conduirai par des portes et des couloirs que je connais. L'essentiel est de mettre d'abord la main sur ses livres. Ces livres d'enfer, ah! je les hais; ils ont été les instruments de mon esclavage. Il faut les prendre, les brûler. Un autre pourrait s'en servir. Guerre aux livres! Ce sont les pires ennemis du peuple. Ceux qui les possèdent ont des pouvoirs sur leurs semblables. L'homme qui sait le latin commande aux autres hommes. A bas le latin!

Donc, avant tout, prenez-lui ses livres. Là est le secret de sa force. C'est par là qu'il règne sur les esprits. Cassez-lui aussi ses cornues de verre et tout son outillage. Sans ses livres, il sera comme nous. Quand il sera comme nous, la besogne sera faite aux trois quarts. Il est vieux et faible de corps; sa garde ne compte pas. L'argent qu'il devait lui donner, il l'employait en livres et en cornues de verre. Vous pourrez très-facilement ou l'étrangler, ou le mettre dans une cage pour mourir de faim, ou le forcer à se faire moine. Oh! quand vous aurez brûlé ses livres, vous pourrez être généreux. Mais, d'ici là, pas de pitié!

Applaudissements universels.

UN CLERC.

Chaque révolution produit son grand homme. Le grand homme de celle-ci, c'est Caliban, le grand citoyen Caliban.

UN HOMME DU PEUPLE.

Courage, Caliban! Décrète le bonheur de tous.

CALIBAN.

Plus tard. Pour le moment, guerre aux livres. Croyez-moi; ne perdez pas de temps.

UN HOMME DU PEUPLE.

Quel bon sens a ce Caliban! D'où est-il? Comme c'est clair, ce qu'il dit! Il aime le peuple.

TOUS ENSEMBLE.

Vive Caliban!

On le conduit en triomphe au palais.

SCÈNE II.

Dans la grande salle du palais.

CALIBAN, HOMMES DU PEUPLE.

La salle est remplie d'une foule compacte. Grande poussière; gens debout sur les tables et pérorant. Au fond de la salle, Caliban sur une estrade, entouré des capitaines du peuple. Tout le monde raisonne et gesticule.

HOMME DU PEUPLE.

Enfin, on va donc voir la suppression des abus!

AUTRE HOMME DU PEUPLE.

Qu'est-ce qu'un abus?

PREMIER HOMME DU PEUPLE.

C'est ce qui est injuste. Tous les hommes sont égaux; ce qu'on fait pour les uns au détriment des autres doit être interdit.

SECOND HOMME DU PEUPLE.

Mais il y en a qui naissent plus forts et plus intelligents que les autres. Est-il juste de les mettre à la portion congrue?

PREMIER HOMME DU PEUPLE.

Oui; tant pis pour eux.

AUTRE.

Mais il y a les femmes, qui naissent plus faibles. N'est-il pas juste qu'elles soient protégées?

AUTRE.

Non; tant pis pour elles. Le grand abus, c'est Dieu, qui fait tout pour les uns et si peu pour les autres. Il faut corriger ses préférences et réparer ses injustices.

AUTRE.

Mais qui réglera tout cela? Qui sera le gouvernement?

AUTRE.

Personne. Nous serons tous libres.

AUTRE.

Je ne vois pas bien comment, si tous sont égaux, on sera libre. Les forts réclameront leur part. Qui les contiendra?

AUTRE.

Le peuple, au nom de la fraternité.

AUTRE.

Et ceux qui ne voudront pas de la fraternité?

AUTRE.

La mort.

Procession de corps de métiers, précédés de leurs bannières, apportant chacun une pétition.

HOMME DU PEUPLE.

Et comment vivra le peuple?

AUTRE.

De son travail.

AUTRE.

Et qui fera travailler le peuple?

AUTRE.

Les riches. Ah! qu'ils s'avisent de ne pas faire aller les arts de luxe; on verra...

AUTRE.

Il y aura donc des riches? Vous me disiez tout à l'heure que tous seraient égaux...

Nouvelle procession.

AUTRE.

L'impôt ne sera plus employé qu'à donner des places aux citoyens pauvres.

AUTRE.

Je croyais qu'il n'y aurait plus d'impôts. Et puis, dites-moi, qui défendra Milan contre ses ennemis?

AUTRE.

Laissez donc. Quand nous serons libres, tout le monde nous craindra.

AUTRE.

Oui ; vive Milan ! guerre à Côme, à Vérone, à Verceil, à Novare!

AUTRE.

Que dites-vous ! Pour faire la guerre, il faut de l'argent et des hommes de guerre. Vous avez supprimé l'impôt. Et, si vous avez des hommes de guerre, ils seront vos maîtres.

AUTRE.

Allons donc ! A bas les détracteurs du peuple ! A bas l'impôt ! A bas les riches ! Vive Milan victorieuse et grande !

AUTRE.

Vivent les patriotes !

Redoublement de pétitions et de processions.

CALIBAN, abasourdi.

Citoyens, un peu de silence! Remettez vos intérêts entre nos mains. Des enquêtes vont être faites; des commissions seront nommées; satisfaction sera donnée à tous. Sortis de vous, nous sommes à vous, nous sommes par vous. L'unique préoccupation du gouvernement sera le bien du peuple. Mais, citoyens, l'ordre est nécessaire. Déposez vos armes, rentrez dans vos demeures, couronnez votre victoire par la modération et le respect de la propriété. Vive Milan!

VOIX DE LA FOULE.

Bravo! bravo! Vive Milan!

Apaisement subit.

UN HOMME DU PEUPLE.

Mais tout à l'heure il prêchait la révolution à outrance. Je ne croyais pas que cela finirait si tôt.

AUTRE HOMME DU PEUPLE.

Que veux-tu! la révolution s'use vite.

La salle se vide peu à peu.

SCÈNE III.

La scène se passe dans l'ancienne chambre à coucher de Prospero, au milieu de la nuit. Silence profond. La pièce est éclairée des reflets opalins d'une lampe suspendue au plafond, et dont les ciselures découpent sur les murs la silhouette du combat d'un griffon et d'une vouivre.

Plafond à fond bleu intense, sur lequel sont peints en figures colossales les signes du zodiaque. Lit entouré de peintures représentant les amours de Jupiter.

CALIBAN, SEUL, ÉTENDU SUR LE LIT.

Non, je n'aurais pas cru qu'il fût si doux de régner. Je n'aurais pas cru surtout qu'on mûrît si vite en régnant. Dans le voyage de la place communale à ce palais, j'ai plus changé que dans tout le reste de ma vie. Dix heures se sont écoulées depuis que le peuple m'a porté ici sur ses bras, et je ne me reconnais pas. J'étais injuste pour Prospero; l'esclavage m'avait aigri. Mais, maintenant que je couche dans son lit, je le juge comme on se juge entre confrères. Il avait du bon, et, en beaucoup de choses, je suis disposé à l'imiter.

Quoi de plus odieux, par exemple, que ces

inopportunes impatiences du peuple, ce défilé de pétitions impossibles dont ils viennent de m'accabler! Quelle avidité de jouir! quelles prétentions subversives! Ce qu'ils me demandent, c'est de tirer d'un muid de blé la grasse nourriture de dix mille hommes et de trouver dans un setier cinq cents pots de vin. A d'autres, camarades! Pour moi, mon parti est pris : je ne me laisserai pas envahir par des gens qui s'imaginent, en se plaçant au delà de moi, m'entraîner avec eux dans l'abîme. Un gouvernement doit résister, je résisterai. Après tout, les gens établis et moi, nous avons des intérêts communs. Je suis établi comme eux; il faut que cela dure. La propriété est le lest d'une société; je me sens de la sympathie pour les propriétaires.

Et puis, outre l'utile, il y a l'éclat. L'éclat est nécessaire. J'ai eu des torts, je veux les réparer. A la fête d'hier au soir, j'étais jaloux, car je n'en étais pas. Eh bien, les fêtes, les beaux arts, les palais, les cours, sont l'ornement de la vie. Je favoriserai les artistes. Les hommes de lettres donnent la gloire : je ne les négligerai pas. Quel était le centre de cette belle assemblée d'hier au soir ? C'était Imperia. Je courtiserai Imperia ; le but suprême de ma vie sera Imperia. Et si j'arrivais à lui plaire?... Oh ! non... C'est trop.... Qui sait pourtant?... Peut-être...

Il soupire.

Ah ! si je pouvais être aimé, je serais bon et heureux ! Un monde nouveau s'ouvre à moi. Le bien existe ; il ne m'est pas interdit. Je l'entrevois pour la première fois. Prospero parlait toujours de faire le bonheur de l'humanité. Ce n'est pas lui qui était destiné à le faire. Si, par hasard, c'était moi...

Il s'endort.

ACTE IV.

SCÈNE PREMIÈRE.

GONZALO, PROSPERO.

A la Chartreuse de Pavie, dans la chambre de Prospero. — Prospero, assis à sa table. Entre Gonzalo.

GONZALO.

Monseigneur, votre ville de Milan est perdue. La révolte est partout. Caliban est chef du peuple. Voici ses proclamations. Il s'annonce déjà comme devant être très-modéré. Les gens d'ordre, un moment effrayés, se rangent autour de lui, et bientôt l'appelleront sauveur de la société. On l'a salué unanimement grand citoyen.

PROSPERO.

Qui, dis-tu, est ce grand citoyen?

GONZALO.

Mais c'est Caliban, votre brute, que vous gardiez ici près de vous et qui s'enivrait de votre vin, sans vous rendre aucun service.

PROSPERO, *comme sortant d'un rêve.*

Caliban ! Ah ! je ne croyais pas que les choses humaines fussent quelque chose de si bas. Je comprends, Caliban me succède. *(Il éclate de rire.)* O ducs de Milan, mes ancêtres, la farce est achevée. Voyons cependant.

Il sort.

SCÈNE II.

PROSPERO, ARIEL.

Dans le cabinet de Prospero. — Prospero revêtu de sa robe magique.

PROSPERO.

C'est l'heure, mon cher Ariel, de montrer ce que nous savons et ce que nous pouvons. Voici notre dernier combat; puis viendra le repos, le triomphe définitif. Ce que j'ai fait n'est rien auprès de ce que je veux faire. Les recherches que j'ai commencées sur une science qui s'appellera l'*euthanasie* mettront l'homme au-dessus de la plus triste servitude, la servitude de la mort. L'homme ne sera jamais immortel; mais finir n'est rien, quand on est sûr que l'œuvre à laquelle on s'est dévoué sera continuée; ce qui est honteux, c'est la souffrance, la laideur, l'affaiblissement successif, la lâcheté qui fait disputer à la mort des bouts de chandelle quand on a été flambeau. Je trouverai un moyen pour que la mort soit accompagnée de volupté. Mais délivrons-nous de Caliban. Caliban règne à Milan. Va, écrase cet infâme, rassemble tous nos esprits. Ce que tu fis contre Alonzo était bien plus difficile. Disperser la première flotte du monde ou mettre en fuite une bande de chiens aboyants. Comment comparer ces deux choses? Pars.

ARIEL.

Je vais, mon maître. Avec les esprits qui vous

sont soumis, j'espère bientôt avoir raison de ces misérables.

PROSPERO.

Partez, esprits; maintenez ma supériorité sur un peuple imbécile. Écrasez la brute qui abuse, je ne dis pas de ma bonté, mais de mon oubli. Le misérable, vous l'avez vu toujours m'insultant. Ingratitude horrible! Ce fils du diable et de la plus laide sorcière, je le trouvai animal; ce n'était pas encore un homme. Je l'ai fait participer au langage et à la raison; en retour, je n'ai jamais tiré de lui une bonne parole, et, aujourd'hui, c'est lui qui soulève mes sujets contre moi. Partez, brisez l'infâme. Rappelez-vous la tempête!

Son clair de trompettes dans l'air.

SCÈNE III.

PROSPERO, GONZALO.

Dans la chambre de Prospero.

PROSPERO.

Eh bien, Gonzalo, c'est aujourd'hui que je vais être pour la troisième fois duc de Milan.

GONZALO.

Monseigneur, je n'ai jamais dit que la vérité à Votre Altesse. Je ne sais pourquoi je crains. Chaque procédé a son heure de succès, chaque remède guérit pendant quelque temps. Jamais les choses ne se passent deux fois de suite de la même manière. Ce qui réussissait en commençant, dans le désordre de la première création, échoue quand on revient à la charge avec des moyens mieux combinés. Ce que vos esprits ont pu contre les princes, ils ne le pourront peut-être pas contre le peuple. Il est difficile de triompher du peuple.

PROSPERO.

Tu ne vois donc pas la supériorité de mes moyens ? Mes vapeurs, mes gaz, mes esprits, mes poudres assurent à moi ou aux héritiers de mes secrets la domination sur une foule désarmée, conduite par une brute.

GONZALO.

Pas tant que vous pensez. Vos poudres, ces gens les fabriqueront et s'en serviront. Plusieurs d'entre eux ont été vos soldats et savent le maniement des armes.

PROSPERO.

J'inventerai des engins dont ils ne pourront se servir.

GONZALO.

A la bonne heure ! Mais ces engins, vous ne les avez pas encore.

PROSPERO.

Où donc puiser le principe d'une force qui puisse soutenir les droits de la raison sur le peuple?

GONZALO.

Votre force, c'est que vous êtes plus intelligent que le peuple. Le peuple ne peut rien fonder. Avec le temps, il reviendra soit à vous, soit aux héritiers de vos droits. (Après un moment de silence.) Il y a aussi l'imposture, qui est un succédané de la force.

PROSPERO.

J'ai besoin de quelque temps pour m'habituer à cette idée. Il faut encore plusieurs générations pour que moi et mes pareils devenions des charlatans.

GONZALO.

Rien n'accélère le temps.

SCÈNE IV.

PROSPERO, ORLANDO, ERCOLE, LIONARDO, ARIEL, BONACCORSO, BEVILACQUA, SIMPLICON, ANGIOLINO, JACOMINO, UN VALET.

Dans le cloître réservé à Prospero; des gens venus de Milan s'y rencontrent et causent des événements.

ORLANDO.

Nous l'avions prédit, mais la prévoyance ne sert de rien en politique.

ERCOLE.

Le duc se doit à sa noblesse et ne peut abdiquer.

LIONARDO.

Je voudrais bien savoir ce que sa noblesse a fait pour lui.

ORLANDO.

Impossible de pactiser avec Caliban.

LIONARDO.

Ah! voilà bien ces conservateurs qui perdent

les princes, déchaînent le peuple, puis disent : « Le salut par nous seuls. » Quelle est votre force pour parler ainsi, esprits étroits qui, dans une révolution, comptez les carreaux cassés et refusez des alliés parce qu'ils n'ont pas les mains blanches ? Dans les moments de crise, il faut des collaborateurs très-variés. J'ai toujours pensé que, parmi les dix mille Grecs de Xénophon, il y avait neuf mille farceurs. Qui sait si beaucoup de bonnes choses ne dateront pas du gouvernement de Caliban ?

Entre Prospero.

PROSPERO, l'air calme et souriant.

Je vous remercie, messieurs, d'être venus témoigner, malgré des apparences qui vous font un mérite de la fidélité, que je suis toujours votre souverain. J'espère vous donner votre revanche et vous convoquer encore à une fête dans Milan. Alors je céderai la place à un autre; car je vieillis, et ma préoccupation désormais doit être de meubler ma mémoire des objets qui la rempliront durant toute l'éternité.

On entend dans l'air des sons rauques comme d'une harpe dont plusieurs cordes seraient cassées, ou d'un violon rapiécé avec des ficelles. — Ariel s'abat dans le préau du cloître, lourdement, comme un oiseau qui a traversé la mer. Il devient peu à peu visible et se montre abattu, éperdu, couvert de poussière.

ARIEL.

O mon maître, notre art est vaincu ; il est impuissant contre le peuple. Il y a sûrement dans le peuple quelque chose de mystérieux et de profond. Il dérange toutes les fantasmagories. Avec lui, plus de prestiges ; les esprits qui furent si puissants contre la flotte d'Alonzo ne peuvent rien contre le peuple. En vain, chevauchant sur les nuages, j'ai flamboyé, attisé les feux cachés en toute chose : rien n'a répondu. Figurez-vous les cloches du beffroi changées tout à coup en plomb au beau milieu du carillon. Et d'abord, ma musique n'a pas même été écoutée. Je chantais, personne ne m'entendait. Je remplissais, avec la plénitude de ton pouvoir, mes fonctions d'esprit docile; il semblait que je fusse dans le vide. Le vide, voilà, seigneur, le milieu où je m'agitais. Il faut changer notre stratégie. Là où Caliban peut tout, nous ne pouvons rien. Nos armes ne portent plus. Autant vaut parler latin à une pierre que de jouer de la lyre à ces endurcis.

PROSPERO.

Le fait que tu dis est si étrange, que le connaître vaut un trône perdu.

ARIEL.

Voici comme je l'explique. D'où vient que, par nos charmes, nous eûmes si facilement raison de nos adversaires de l'île enchantée? C'est qu'Alonzo et les siens étaient accessibles à nos charmes. Ils s'y prêtaient, ils y croyaient. Quand Alonzo vit la tempête, il crut que les vagues parlaient, que les vents grondaient, que la tempête murmurait, que le tonnerre, cet orgue profond et terrible, lui reprochait de sa voix de basse le crime qu'il avait commis contre toi. Le peuple n'admet rien de tout cela. Maintenant, les vents et les tempêtes pourraient siffler tous ensemble, cela ne ferait pas grand'chose. La magie ne sert plus de rien. La révolution, c'est le réalisme. Tout ce qui est apparence pour les yeux, tout ce qui est idéal, non substantiel, n'existe pas pour le peuple. Il n'admet que le réel. Quand il a dit : « Cela n'existe pas », tout est fini. Je tremble pour le jour où cette terrible façon de raisonner touchera Dieu. On le sommera de se montrer, et, si l'Éternel y met de la dignité et reste fièrement derrière ses nuages, on le biffera du catalogue des existences. Quant aux droits des rois et des ducs, je ne sais ce qu'ils vont devenir. Le peuple est positiviste. Pour être accessible à nos terreurs, il faut y croire. Que faire quand le peuple est devenu positiviste ?

PROSPERO.

Il faut tâcher que ce qui a été imaginatif devienne réel ; il faut transformer nos esprits en poudres, en gaz. N'est-ce pas, Lionardo ?

LIONARDO.

Oui, mon maître.

SIMPLICON, *à part.*

L'instruction intégrale et obligatoire remédierait à tout.

BEVILACQUA.

Mais, seigneur, il s'agit pour le moment de nous défendre.

ORLANDO.

Il s'agit de défendre les droits de la vie noble et de la beauté. Voilà Imperia, par exemple. L'état social légitime est celui qui met aux pieds d'Imperia les perles, les diamants et l'or, puisque ces matières précieuses n'ont d'autre objet que de la parer. La beauté jouira-t-elle de tous ses priviléges sous le règne de Caliban ?

PROSPERO.

Fiez-vous à Imperia pour se défendre. Quant à vous, défendez-vous, messieurs ; la supériorité de l'homme sur l'homme est finie, en attendant qu'elle recommence. Nos vieux prestiges sont frappés à mort. Ma science, c'est-à-dire ma force, n'atteint pas le peuple. Que chacun se pourvoie. Avec le temps, cela changera. Nos moyens de domination sont brisés dans nos mains ; il faut attendre qu'on en ait inventé d'autres, d'autres que le peuple ne puisse appliquer.

Arrivent Bonaccorso et quelques prud'hommes de Milan.

BONACCORSO.

Nos respects à Votre Altesse. Elle n'a jamais voulu que le bien ; elle le voudra encore aujourd'hui. Qu'elle cède. Le nouveau gouvernement paraît bien intentionné ; Caliban est déjà le centre du parti modéré.

PROSPERO.

Je céderai tout, excepté le droit de rire.

BONACCORSO.

Oh! gardez-le, monseigneur. Dès que les choses humaines tombent dans le peuple, le ridicule surabonde et le rire ne prouve plus rien. Le rire, en temps de démocratie, est un argument qui n'a plus de tranchant.

PROSPERO.

J'ai quelque peine à vous entendre parler de la capacité et de la modération de Caliban.

BONACCORSO.

Mon Dieu, tout est relatif. Les hommes valent par leur situation, non par eux-mêmes. Caliban est l'homme de la situation ; il nous sauve. En lui résistant, on l'exaspérerait.

PROSPERO.

Eh bien, soyez sauvés.

ORLANDO ET ERCOLE.

Résistez avec nous, monseigneur.

Angiolino, Jacomino, Jacinto s'approchent.

ANGIOLINO.

Monseigneur veut-il écouter ses humbles serviteurs? Qu'il cède. Pourquoi se sacrifierait-il pour des sots qui, après tout, sauf la mine, ne valent pas mieux que Caliban? Allez, monseigneur, nous les connaissons.

JACOMINO.

Oui, nous les connaissons. Pas un seul d'entre eux n'a voulu me nourrir pour les jouissances que je lui aurais donné. Je ne demandais que la nourriture et le logement, et de quel logement je me serais contenté !

ANGIOLINO.

Ces gens-là vivent de nous. Ils n'auraient pas une pensée, pas un sentiment si nous n'étions là pour le leur exprimer. Nous leur ouvrons l'infini, nous leur vendons l'idéal, et ils nous jettent deux sous d'un air de supériorité. Sans nous, ils ne savent ni jouir, ni même s'amuser; nous leur apprenons à vivre et ils nous méprisent. Caliban n'a pas fait autre chose. Caliban, monseigneur, vaut bien Castiglione ou del Dongo.

BONACCORSO.

Oui, Caliban a du talent à sa manière.

PROSPERO.

J'use de ma permission de rire tout mon soûl, quand je vous entends parler sérieusement de cet ivrogne.

BONACCORSO.

Ivrogne, il l'est, monseigneur; mais cela ne définit pas un homme. On ne réussit pas sans quelque chose. Il est trop facile de gâter une affaire quelconque pour qu'il n'y ait aucun mérite à ne pas la rater.

PROSPERO.

Allons ! passe pour la capacité de Caliban, pour

la modération de Caliban, pour le talent de Caliban. Bientôt on va me parler de la générosité de Caliban.

BONACCORSO.

Eh ! c'est justement là que j'en voulais venir. Votre Altesse doit choisir entre l'exil et le paisible séjour de cette chartreuse, où elle travaille pour l'éternité. Le peuple est toujours désarmé par la victoire. Votre Altesse n'a pas d'ennemis personnels.

PROSPERO.

Eh ! pardon, j'ai Caliban. Ce misérable me doit tout. Quand je le pris à mon service, je lui appris la parole, créée par Dieu ; il ne s'en est jamais servi que pour m'outrager. La parole aryenne n'est pour lui qu'un instrument de fraude et de faux principes. Il haïssait mes livres, où il savait qu'était le secret de ma supériorité. Il alla jusqu'à enseigner à mes ennemis la manière de me tuer. Élevé peu à peu dans ma maison, il est arrivé à penser. Toute sa pensée a été employée à rêver ma perte. Il ne fut jamais chrétien; il pratiquait les cérémonies de la religion comme un singe; au fond, il resta toujours le serviteur de Sétébos. Ordure, il n'était sensible qu'aux coups. Les fatigues que je me suis données pour faire quelque chose avec de la boue, pour mettre la raison dans une lourde fange, il ne m'en sait aucun gré. Oh! que j'eus tort de donner l'éducation à la brute qui devait se faire une arme contre moi de ce que je lui avais appris.

GONZALO.

Caliban, c'est le peuple. Toute civilisation est d'origine aristocratique. Civilisé par les nobles, le peuple se tourne d'ordinaire contre eux. Quand on regarde de trop près le détail du progrès de la nature, on risque de voir de vilaines choses.

BONACCORSO.

Il ne faut jamais dire : « Cette créature a été

laide, donc elle le sera toujours. » Les jugements absolus sont faux, même quand il s'agit de Caliban. Caliban est vaniteux, mais, qui sait? sa vanité deviendra peut-être de la vertu. Sa victoire, qui dépasse ses espérances, doit l'avoir satisfait. Bas, haineux, jaloux tant qu'il fut humble, maintenant qu'il est maître, il sera généreux. Il oubliera sa haine contre les livres, dès que les livres seront pour lui des vaincus. Il n'y pensera guère dès qu'il ne les verra plus dans les mains de son maître comme des instruments de domination.

PROSPERO reste quelque temps pensif et silencieux.

La continuation de mes recherches sur l'*euthanasie* me tient à cœur, je l'avoue.

La porte s'ouvre.

UN VALET.

Monseigneur, un de ces moines noirs et blancs qui brûlent les patarins s'avance pour parler à Votre Altesse.

SCÈNE V.

LES MÊMES, FRÈRE AUGUSTIN DE FERRARE.

FRÈRE AUGUSTIN DE FERRARE entre portant un rouleau de parchemin. On s'écarte de lui; il se place devant le duc et lit.

« La très-sainte inquisition, pour l'intégrité de la foi et la poursuite de la perversité hérétique, agissant par délégation spéciale du Saint-Siége apostolique, informée des erreurs que tu professes, insinues et sèmes méchamment contre Dieu, la création, l'incarnation, la résurrection de la chair et autres dogmes fondamentaux de la foi chrétienne, te réclame et t'appelle à son tribunal, auquel tu n'as échappé perfidement jusqu'ici que grâce à une puissance temporelle, ou plutôt à une tyrannie que Dieu t'a ôtée. Tes erreurs sont les plus graves qu'un chrétien puisse commettre; elles vont même jusqu'à l'infidélité : erreurs de physique et de métaphysique, de morale et de foi. Tu as insinué, en effet, par les voies les plus diverses et avec une perfidie qui ne saurait venir que du père de tout mensonge, que l'homme peut quelque chose sur la nature et par la nature, ce qui ferait l'homme participant de la puissance créatrice, puisque modifier ce qui a été créé équivaut à créer. Or il est écrit : « Dieu a créé le ciel » et la terre. » Dieu seul, entendez-vous? Dieu, par conséquent, n'admet personne à retoucher son œuvre ni à la perfectionner. Tu as donc pensé et parlé méchamment en prétendant changer la nature des corps, laquelle est fixe et limitée par Dieu en la mesure et quantité qu'il a voulue. Car, s'il eût jugé à propos qu'il y eût plus de corps ou autrement mixturés, il les eût faits. D'où il suit que, si ta damnée science de la composition et de la décomposition des corps était vraie, l'homme serait Dieu et renouvellerait le crime de Satan, qui voulut s'égaler à Dieu.

» Et ce qui prouve, en outre, que chaque corps a sa nature, qui ne peut changer, c'est le dogme de la résurrection. Car, si les corps se décomposaient comme tu crois, chaque homme n'aurait pas un corps à lui; il en aurait plusieurs dans le cours de sa vie, et celui qu'il a eu disparaîtrait entièrement. Et le corps de Notre-Seigneur Jésus-Christ ne serait pas au ciel à la droite de son Père; il serait dispersé à l'heure qu'il est dans la création, et il se pourrait qu'il y eût dans l'eau, dans la mer, dans les fleuves, dans les bois, dans l'air, des parties du corps conçu dans le sein de la Vierge Marie par l'opération du Saint-Esprit et auxquelles la divinité est jointe.

» J'omets ce que tu dis, d'après des témoins dg nes de foi, que ton impiété a révoltés, savoir que l'homme peut et doit mourir sans douleur, ce qui est absolument contraire à la sentence prononcée par Dieu, d'après laquelle l'homme doit souffrir. si'il ne souffrait pas en effet, c'est qu'il n'aurait pas péché, ce qui renverserait les dogmes essentiels de l'enfer, du purgatoire, du péché originel. Mais, comme, cette erreur, tu l'as soutenue moins opiniâtrément que les autres, la très-sainte inquisition veut bien surseoir à te poursuivre de ce chef, te requérant, quant aux autres, de me suivre pour être constitué prisonnier dans les prisons du Saint-Office, afin qu'il soit procédé contre toi par rigoureux examen. »

PROSPERO, après un moment de silence général.

C'est à présent que je vois bien clairement que je suis vaincu.

BONACCORSO.

Prince, le peuple a défait ta souveraineté; mais il t'a fait homme libre. Ce moine ne peut rien contre toi. (Se tournant vers le moine.) Tout ce que tu as dit, moine, est nul et non avenu. La république de Milan repousse ton tribunal infâme. Ce sont tes pareils qui brûlèrent nos mères, nos grand'mères. Fils de patarins, nous te haïssons. Ose aller à Milan, si tu veux augmenter le nombre de ceux que vous appelez martyrs. A bas l'inquisition!

TOUS LES MILANAIS, ensemble.

A bas l'inquisition!

GONZALO.

Eh bien, monseigneur, vous le voyez. Caliban a encore une qualité de plus : il est anticlérical.

PROSPERO.

C'est vrai. (Après une minute d'hésitation.) Dans l'exil, je trouverai partout le moine. Ma foi, vive Caliban!

ACTE V.

SCÈNE PREMIÈRE.

CALIBAN, LE LÉGAT, GONZALO, LE PRIEUR DES CHARTREUX, ZITELLA, HOMMES DU PEUPLE.

Dans l'église de la Chartreuse de Pavie. Grande foule. Au loin, bruit de trompettes.

HOMME DU PEUPLE.

Qu'est-ce donc que ce tintamarre ?

AUTRE HOMME DU PEUPLE.

C'est le nouveau duc de Milan, protecteur de l'abbaye, qui vient la visiter et y célébrer son joyeux avénement.

PREMIER HOMME DU PEUPLE.

C'était comme cela pour les anciens ducs légitimes. Mais celui-ci... Comment l'Église peut-elle se réjouir de le voir ? Et lui, il avait annoncé qu'il ne ressemblerait pas aux autres.

SECOND HOMME DU PEUPLE.

Allons donc! qu'est-ce que cela fait ?

PREMIER HOMME DU PEUPLE.

On croit que le monde change, et c'est toujours la même chose.

SECOND HOMME DU PEUPLE.

Eh ! oui.

Le cortége entre. Le son des trompettes éclate sous les voûtes. On se dirige vers le chœur. Caliban s'assied sur un siége au-dessus duquel est écrit *Sedes ducis*. Les trompettes se taisent. L'orgue éclate comme une tempête. Caliban reçoit les hommages de l'assistance. L'orgue seule prie.

PRIÈRE DES ORGUES.

O Éternel, toi que rien n'attriste ni ne trouble, n'irrite ni ne console, être pur et saint, lumière cristalline qui traverses sans te souiller le monde des corps, et sers de base immuable à la mobilité sans fin, nous te louons de tout notre souffle, nous te proclamons juste, parfait et bon. Ceux qui croient, ceux qui espèrent, ceux qui aiment, sont les seuls qui ne se trompent pas. Les apparences de ce monde sont vaines. Tu hais le mal, et c'est là son châtiment. Tu vois les pleurs de tes serviteurs, tu les comptes, et cela suffit; car il n'y a rien de réel que le sentiment que tu as des choses. Dans ton vaste sein, ô abîme, tout s'embrasse et se concilie. Tu es harmonie, joie, paix, raison, délices durant l'éternité. Heureux qui chante tes louanges dans la longueur des jours!

LE LÉGAT DU PAPE, *s'approchant de Caliban.*

Le père commun de tous les fidèles complimente paternellement Votre Altesse. Votre Altesse sait sûrement que la sainte Église romaine, toujours éprouvée durant les jours de sa milice, et en butte aux assauts de l'enfer, souffre beaucoup en ce moment des efforts très-pervers que font les Sarrasins de Lucera pour l'empêcher de chanter en paix l'hymne du Seigneur. Cette divine épouse du Christ est à vos genoux et réclame le concours de votre glorieuse épée. Le premier devoir des princes est de défendre ce Saint-Siége apostolique contre la rage abominable de ses ennemis.

CALIBAN.

Oui. Le pape est prince. Je suis son protecteur naturel.

LE LÉGAT.

Et il y a dans vos États des ennemis de Dieu très-obstinés, qui blasphèment tous les jours, avec un incroyable excès d'audace, celui par qui règnent les rois.

L'orgue cesse. On entonne le chant *Te Deum laudamus, te Dominum confitemur.*

Le premier devoir de ceux qui commandent est de venger l'honneur de celui par qui ils commandent.

CALIBAN.

Oui, j'espère que Dieu sera bon pour moi après tout ce que j'aurai fait pour lui.

LE CHOEUR.

Te æternum patrem omnis terra veneratur.

LE LÉGAT.

Parmi ces impies très-scélérats, il en est un plus coupable que les autres, et dont le châtiment sera une bien grande joie pour Dieu, pour ses anges et pour toutes les âmes saintes de l'Église militante et triomphante. C'est Prospero. Il est d'ailleurs l'ennemi mortel de Votre Altesse. C'est un homme dangereux, un adversaire de l'ordre établi. Permettez-nous de le mettre dans les prisons de l'inquisition. Il n'y pourra plus nuire. Dieu veut peut-être procurer le salut de son âme par l'affliction de son corps.

CALIBAN.

Ah ! non. Taisez-vous. Ne me rappelez pas ces

souvenirs... Ce qui a été n'est plus. Je suis héritier des droits de Prospero; je dois le défendre. Prospero est mon protégé. Il faut qu'il travaille à son aise, avec ses philosophes et ses artistes, sous mon patronage. Ses travaux seront la gloire de mon règne. J'en aurai ma part. Je l'exploite; c'est la loi de ce monde.

Il aperçoit Gonzalo.

(A part.) Je ne peux gouverner qu'en ralliant autour de moi ceux qui ont la tradition du gouvernement. (Se tournant vers Gonzalo.) Seigneur Gonzalo, salut. Je vous nomme membre de mon conseil d'État.

LE CHŒUR.

Te prophetarum laudabilis numerus.

GONZALO.

Monseigneur, j'ai conseillé toute ma vie; je mourrai en conseillant. Je remercie Votre Altesse. (A part.) Ce diable d'homme me renverse. Pour juger, il faut attendre. Ces sortes de choses peuvent aller longtemps avant de devenir insupportables.

LE CHŒUR.

Te martyrum candidatus laudat exercitus.

TRINCULO, caché dans un coin.

Tout le monde se case. Ciel ! quelle sottise j'ai faite ! Voilà Caliban, que j'ai berné, devenu tout-puissant. Désormais il ne faut plus berner personne ; on ne sait pas ce qui peut arriver. Partons. Mon état a cela de bon que la matière première ne manque jamais. Je trouverai du service ailleurs.

ZITELLA.

Comme je vais bien danser sous le règne de ce délicieux Caliban !

LE CHŒUR.

Judex crederis esse venturus.

Réflexions du PRIEUR DES CHARTREUX, assis dans sa stalle et récitant son bréviaire.

Le monde, que j'ai bien fait de quitter, est une illusion éternelle, une comédie composée d'actes sans fin. Ce qui vient d'arriver prouve ce que j'avais entrevu et ce que personne ne voulait croire :

c'est que Caliban était susceptible de faire des progrès. Oui, toute civilisation est l'œuvre des aristocrates. C'est l'aristocratie qui a créé le langage grammatical (que de coups de bâton il a fallu pour rendre la grammaire obligatoire!), les lois, la morale, la raison. C'est elle qui a discipliné les races inférieures, soit en les assujettissant aux traitements les plus durs, soit en les terrorisant par des croyances superstitieuses. Les races inférieures, comme le nègre émancipé, montrent d'abord une monstrueuse ingratitude envers leurs civilisateurs. Quand elles réussissent à secouer leur joug, elles les traitent de tyrans, d'exploiteurs, d'imposteurs. Les conservateurs étroits rêvent des tentatives pour ressaisir le pouvoir qui leur a échappé. Les hommes plus éclairés acceptent le nouveau régime, sans se réserver autre chose que le droit de quelques plaisanteries sans conséquence.

Au fond, l'éternelle raison se fait jour par les moyens les plus opposés en apparence. Le budget de Caliban vaudra peut-être mieux pour des gens d'esprit que le budget de Mécène. Bien peigné, bien lavé, Caliban deviendra fort présentable. Il y aura peut-être un jour des médailles *A Caliban, protecteur des sciences, des lettres et des arts*. Prospero peut vivre, au moins quelque temps, sous un pareil régime, et il a même chance d'en ressaisir la direction. Il faut pour cela de la prudence; car la démocratie est jalouse et soupçonneuse. Mais, en étant modeste et en cachant son jeu, on fait bien des choses. Quant à l'extrême délicatesse des âmes tendres, mues par un sentiment personnel de fidélité, elle n'a plus guère de place dans un tel état du monde. Ces âmes-là n'ont plus qu'à mourir. « J'ai aimé la justice et j'ai haï l'iniquité, » disait un grand pape. On peut toujours aimer la justice; mais haïr l'iniquité !... c'est plus facile à dire qu'à faire. Où est l'iniquité ? Les meilleurs esprits s'exténuent à la trouver et, en définitive, sont fort embarrassés.

Le cortége se retire au bruit des trompettes.

SCÈNE II.

Dans le cabinet de Prospero.

PROSPERO, ARIEL, GONZALO.

GONZALO, entrant.

La cérémonie s'achève. Votre Altesse a bien fait de céder sur les points auxquels elle tient le moins, et, pour sauver l'essentiel, de salir un peu le bord de son manteau. Je ne vois plus ici qu'Ariel qui s'obstine à rester dans son bleu céleste.

Une sorte de mélodie expirante se fait entendre, comme un bruit lointain qui meurt. On distingue dans la mélodie ces mots : *Prius mori quam fœdari,* prononcés par une voix de femme, sur un mode touchant et doux. C'est Ariel qui s'évanouit.

PROSPERO.

Ariel, cher Ariel, reviens à toi. Pour le coup, tu vas être libre. La liberté, que je t'ai tant de fois promise, la voilà.

ARIEL.

C'est ma mort que tu veux dire, mon maître. *Prius mori quam fœdari.* Il n'est pas dans ma nature de concevoir le bien de deux manières. Déjà l'air a repris en moi ce qui lui appartenait. L'éther léger qui se combinait avec lui aspire à monter et à s'unir chastement au froid absolu de l'espace. D'autres parties iront se perdre dans la chevelure des algues, qui se mirent au fond de l'azur profond des flots. Tantôt dans l'infini, tantôt sur le sommet des monts, tantôt au fond des baies solitaires, je serai l'esprit intermittent de la nature. Je serai l'azur de la mer, la vie de la plante, le parfum de la fleur, la neige bleue des glaciers. Je ferai mon deuil de ne plus participer à la vie des hommes. Cette vie est forte, mais impure. Il me faut de plus chastes baisers. Tout idéaliste sera mon amant; toute âme pure sera ma sœur; je serai la neige vierge du sein des jeunes filles, le blond de leurs tresses de cheveux. Je fleurirai, avec la rose; je serai vert avec le myrte, odorant avec l'œillet, pâle avec l'olivier. Adieu, mon maître, souviens-toi de ton petit Ariel.

Ariel disparaît et s'exhale en une harmonie fine, juste et pure. Prospero tombe anéanti.

FIN.

PARIS. — Impr. J. CLAYE. — A. QUANTIN et Cie, rue St-Benoît. [2151]